Patricia Schröder, 1960 geboren, lebt mit Mann, zwei Kindern und einer Handvoll Tieren an der Nordsee. Sie hat Produktdesign studiert und arbeitet seit einigen Jahren als freie Autorin. Zuerst schrieb sie satirische Beiträge für den Funk, später Texte für Anthologien, bevor sie ihre Liebe fürs Kinder- und Jugendbuch entdeckte. In der Fischer Schatzinsel sind von ihr schon viele Bücher erschienen, darunter auch ›Lara jagt die wilde Bande‹ (Bd. 80905). Weitere Informationen über die Autorin gibt es im Internet unter *www.patricia-schroeder.de*

Irmgard Paule, geboren 1958 in einem kleinen Ort in Bayern, studierte Graphik-Design in München und hat seit 1996 zahlreiche Kinderbücher illustriert.

Patricia Schröder

Lara jagt den Lämmerdieb

Mit Bildern von Irmgard Paule

Fischer Taschenbuch Verlag

Fischer Schatzinsel
www.fischerschatzinsel.de

Veröffentlicht im Fischer Taschenbuch Verlag,
einem Unternehmen der S. Fischer Verlag GmbH,
Frankfurt am Main, Juli 2009

Satz: Pinkuin Satz und Datentechnik, Berlin
Druck und Bindung: CPI – Clausen & Bosse, Leck
Printed in Germany
ISBN 978-3-596-80906-9

Nach den Regeln der neuen Rechtschreibung

Hübsch großartig

Lara erwachte, weil ein Sonnenstrahl sie auf der Nase kitzelte. Sie öffnete die Augen und blinzelte zum Fenster hinüber. Der Vorhang war in der Mitte nicht ganz zugezogen, der strahlend blaue Himmel blitzte hervor. Mit einem Schlag war Lara munter. Sie schlug die Decke zurück und sprang aus dem Bett. Von diesem wunderbaren Sommertag wollte sie keine einzige Sekunde verpassen!

Flugs schlüpfte sie in ihre blaue Shorts und das Ringel-T-Shirt und flitzte in die kleine Stube, die sich direkt neben der Küche befand. Es duftete nach Kaffee und frischen Brötchen. Oma und Opa Lubatsch waren also bereits auf.

»Guten Morgen!«, rief Lara fröhlich.

Sie drückte ihrem verdutzten Großvater, der wie gewohnt in seinem geliebten quietschgrünen Ohrensessel saß und in der Zeitung blätterte, einen Kuss auf die Backe.

»Musst du ihn denn so erschrecken?«, brummte

Oma Lubatsch. Sie stand mit einer Glaskanne voller Milch im Türrahmen und blickte ihre Enkelin vorwurfsvoll an. »Morgens trägt er sein Hörgerät doch noch nicht.«

»'tschuldigung«, murmelte Lara und küsste ihren Opa noch einmal – diesmal auf die Nase.

Er grinste und kniff sie in die Wange. Offenbar war alles halb so schlimm gewesen. Außerdem: Tatsache war, Opa Lubatsch trug sein Hörgerät so gut wie nie. Er war nämlich froh, wenn er seine Ruhe hatte und das ständige Gebrabbel seiner Frau nicht mit anhören musste.

»Ist es eigentlich so warm draußen oder sieht es nur so aus?«, fragte Lara, während sie sich auf ihren Stammplatz fallen und ihre Augen über den reich gedeckten Frühstückstisch gleiten ließ.

Oma Lubatsch füllte Laras Becher mit Milch und brummte etwas Unverständliches. Dann stellte sie die Kanne auf dem Tisch ab und sagte: »Und ich frage mich, ob es in der Garage tatsächlich nach Farbe riecht oder ob ich mir das bloß einbilde.«

Oje!, dachte Lara erschrocken. Zwei Nächte zuvor hatte sie nämlich zusammen mit dem Nachbarsjungen die Wilde-Najah-Bande *(lies nach in: Lara jagt die wilde Bande)* dingfest gemacht. Und

das ausgerechnet in Oma Lubatschs Garage. Dabei waren mehrere Farbsprühdosen zum Einsatz gekommen, und Lara hatte total vergessen, anschließend die Garage zu lüften.
»Bildest du nicht«, murmelte sie schuldbewusst. »Ich habe bloß die Sprühfarbe ausprobiert …«
»Ausprobiert … so, so …« Oma Lubatsch ließ sich neben ihrer Enkelin aufs Sofa fallen. Es federte so sehr, dass Lara ein ganzes Stück in die Höhe geworfen wurde. »Ich hoffe nur, dass Hinrich Pilbert da nicht mit im Spiel war.«
Dummerweise sah sie es nämlich gar nicht gern, wenn Lara mit ihm zusammenhing. Mit seinen

elf Jahren fand Oma Lubatsch ihn viel zu alt für die 9-jährige Lara. Und außerdem war er ein Junge. Ihr war es lieber, wenn ihre Enkelin mit Mädchen spielte. Was Lara natürlich schrecklich altmodisch fand. Aber es brachte nicht viel, ihrer Oma zu widersprechen. »Quatsch«, schwindelte Lara also, »doch nicht mit Pilbert. Das hab ich ganz alleine gemacht.« Sie zauberte sich eine Unschuldsmiene ins Gesicht. »Du bist mir doch nicht böse?«

»Nein, nein«, erwiderte Oma Lubatsch ein wenig versöhnlicher. »Mir wäre es allerdings lieber gewesen, wenn du mich vorher gefragt hättest.«

Logisch! – Am allerliebsten hätte sie es ohnehin gehabt, wenn Lara sie für jeden Pups um Erlaubnis gebeten hätte.

»Was hast du denn heute überhaupt vor?«, fragte Oma Lubatsch und zeigte zum Fenster hinaus. »Bei dem phantastischen Wetter!«

Lara zuckte die Schultern. Eigentlich war es ein Tag zum Badengehen. Aber das nächste Schwimmbad lag über fünfzehn Kilometer vom Ort entfernt. So weit ließ ihre Oma sie bestimmt nicht mit dem Fahrrad fahren.

»Ich treffe mich nachher mit Anja und Maike«,

sagte sie. »Und dann schauen wir mal, was wir machen können.«
Oma Lubatschs Gesicht hellte sich auf. »Wie schön!«, rief sie erfreut. »Hast du dich nun also doch mit den beiden angefreundet!«
»Ja, hab ich«, sagte Lara knapp.
Dass auch Pilbert mit von der Partie sein würde, dass Anja und Maike die Wilde Najah gewesen waren und dass sie keine Mädchenspiele spielen, sondern eine Bande gründen würden, verschwieg sie natürlich. Oma Lubatsch würde sich bloß aufregen. Und überhaupt: Erwachsene mussten ja nicht alles wissen!

Lara und Pilbert waren als Erste beim großen Eisentor des Friedhofs.
»Dass wir dauernd auf die warten müssen«, brummte Pilbert. Wie immer trug er seine geliebten Turnschuhe, die fast genauso quietschgrün waren wie Opa Lubatschs Ohrensessel. Am Bund seiner Jeans baumelte sein Schlüssel mit dem länglichen Anhänger aus weißem Kaninchenfell.
»Du weißt doch, wie schwer die Anja sich loseisen kann«, erwiderte Lara. »Ständig muss sie Klavier üben oder für die Schule lernen.«

»Ja, ja, oder einfach dusselig dasitzen und hübsch aussehen«, brummte Pilbert.
Lara spürte einen kleinen Stich in der Brust.
»Findest du Anja etwa hübsch?«, fragte sie finster.
Pilbert blickte seine Ferienfreundin überrascht an.
»Quatsch nicht, Lulatsch«, sagte er. »So hab ich das doch gar nicht gemeint.«
Wie denn dann?, dachte Lara. Plötzlich war sie richtig wütend. Immerhin war Anja vor einigen

Tagen noch ihre Erzfeindin gewesen. Und jetzt fand Pilbert sie auf einmal hübsch. Oder jedenfalls so ähnlich. Und sie selbst war für ihn bloß Lulatsch. Natürlich meinte er es nett, wenn er sie so nannte. Eigentlich bedeutete es nämlich, dass er sie großartig fand. Im Moment war Lara allerdings lieber hübsch als großartig.
Sie lief bis zur Bordsteinkante und spähte die Straße hinauf und hinunter. Doch von Anja und Maike war nichts zu entdecken.

»Vielleicht sind sie ja schon im alten Friedhofswärterhaus«, meinte Pilbert.

»Quatsch«, brummte Lara. »Unser abgesprochener Treffpunkt ist hier.«

»Und wenn irgendwas dazwischengekommen ist?«

Lara hatte auch keine Lust, sich noch länger die Beine in den Bauch zu stehen. »Okay«, willigte sie also ein, stolzierte hoch erhobenen Hauptes an Pilbert vorbei und stieß das Eisentor auf.

»Was ist los mit dir?«, fragte er. »Wieso bist du denn auf einmal so komisch?«

»Bin ich nicht«, brummte Lara. »Ich hab nur keine Lust zu warten.«

»Ich auch nicht«, sagte Pilbert. »Deshalb habe ich ja auch vorgeschlagen, gleich im Friedhofswärterhaus nachzusehen.«

»Du hast überhaupt nichts vorgeschlagen«, erwiderte Lara. »Das ist meine Idee gewesen.«

»Aber du hast doch überhaupt kein Wort davon gesagt«, meinte Pilbert verwundert.

Na und?, dachte Lara. Das brauchte sie ja wohl auch nicht. Immerhin war sie seine Chefin. Ebenso wie sie die Chefin der neuen Bande sein würde!

Zielstrebig marschierte sie zwischen den Gräbern

hindurch und bog schließlich in den schmalen Kiesweg ein, der auf die hohe Hecke zuführte. Dahinter lag das alte, seit einigen Jahren unbewohnte Friedhofswärterhaus. Um hineinzugelangen, mussten sie eine schmale Treppe hinabsteigen und eine Gruft durchqueren. Dort gab es einen direkten Zugang in den Hausflur.

Mit klopfendem Herzen tapste Lara voran. Dass Pilbert hinter ihr ging, fand sie total beruhigend. Solange sie seine Schritte hörte, fühlte sie sich sicher.

Zwei Minuten später standen sie im fahlen Licht des Hausflurs. Die Fensterscheiben waren staubig. Von der Decke rankten sich zahllose Spinnweben wie wild wachsender Efeu bis weit die Wände hinunter.

Lara und Pilbert huschten die knarrende Treppe hinauf. In dieser Etage gab es nur ein Badezimmer und eine geräumige Schlafkammer. Lara öffnete die Tür.

»Niemand da«, flüsterte sie, während sie auf den bunten Flickenteppich trat.

Pilbert folgte ihr und stöhnte: »Oh Mann, auf diese Weiber ist wirklich kein Verlass!«

Plötzlich ging hinter ihnen ein fürchterliches Geschrei los, und im nächsten Augenblick sprangen zwei schwarz gekleidete Gestalten hinter der Tür vor und stürzten sich auf Lara und Pilbert.

Wer ist der Chef?

Es dauerte ein paar Sekunden, bis Lara merkte, wer die beiden waren. »Maike!«, rief sie, nachdem sie sich von der Gestalt, die sie von hinten umklammert hielt, befreit hatte. »Was fällt euch ein?«

»Das war der Test!«, sagte Anja.

Sie hatte die Hände auf ihre Hüften gestemmt und blickte Lara und Pilbert triumphierend an.

»Was denn für ein Test?«, wollte Pilbert wissen. Grummelnd ließ er sich auf das alte Bett mit der Häkeldecke fallen. »Ich weiß nichts von einem Test.«

Lara nickte. »Ich auch nicht.«

»Das ist ja der Clou«, erwiderte Anja. »Tests, von denen man schon vorher weiß, bringen überhaupt nichts. Schon gar nicht, wenn man einem Detektivclub angehört. Da muss man nämlich immer mit allem rechnen.«

»Genau«, bestätigte Maike. Sie strich sich die blonden Haare aus der Stirn und schaute Lara entschlossen an. »Und ihr zwei seid gerade durchgefallen.«

»Wie – durchgefallen?«, fragte Pilbert. Er verschränkte die Hände hinter dem Kopf und blickte missmutig zur Decke.

»Na, ihr habt euch nicht richtig umgesehen«, erklärte Anja ihm. »Ihr seid einfach so ins Zimmer gestolpert, ohne euren Rückraum abzusichern.«

Lara kniff die Augen zusammen. Natürlich hatte Anja recht. Andererseits war das hier ihr Bandenquartier, ihr eigenes Reich sozusagen. »Wer rechnet denn damit, dass die eigenen Leute über einen herfallen?«, schimpfte sie und ließ sich neben Pilbert auf die Bettkante fallen.

»Na ja«, meinte Maike, »wie schon gesagt, als echter Detektiv muss man eben immer mit allem rechnen.«

»Und deshalb kannst du nicht unsere Chefin sein«, sagte Anja Lara rotzfrech ins Gesicht.

Das sah Lara allerdings ein bisschen anders.

»Und wie ich das kann!«, konterte sie. Sie kreuzte die Arme über der Brust und blickte Anja herausfordernd an. »Schließlich ist das so abgemacht. Und dafür verraten wir niemandem, dass ihr beide

die tote Ratte vor die Tür von Metzger Pioch gelegt habt.«
»Ach«, meinte Anja und winkte lässig ab. »Wer weiß, ob euch das überhaupt jemand glauben würde. Beweisen könnt ihr es schließlich nicht. Und dann steht Aussage gegen Aussage.«
Voller Zorn sprang Lara vom Bett auf. »Du bist wirklich oberfies!«, zischte sie. »Mit so einer gemeinen Ziege will ich nicht zusammenarbeiten.«
Augenblicklich stellte Maike sich neben Anja und legte der Freundin einen Arm um die Schulter.

»Dann eben nicht«, sagte sie. »Dann machen wir eben alleine weiter. Und nochmal kriegt ihr uns nicht, das versprechen wir euch.«
»Gut«, ertönte Pilberts seelenruhige Stimme vom Bett herüber. »Dann werden wir deiner Mutter wohl erzählen müssen, dass du dich hinter ihrem Rücken in dreckige Jungsklamotten steckst.«
»Pah!«, machte Anja. Sie war allerdings ziemlich blass geworden. Vor ihrer Mutter hatte sie einen Heidenrespekt.
Lara wunderte das nicht. Ein einziges Mal war sie mit Oma Lubatsch bei Anja zu Hause gewesen. Die Hilmers besaßen eine Villa am Stadtrand, dort, wo nur reiche und angesehene Leute wohnten. Anjas Vater war sogar im Stadtrat, worauf sich besonders ihre Mutter mächtig was einbildete. Jedenfalls legte Frau Hilmers besonderen Wert darauf, dass Anja immer blitzsauber und adrett angezogen war. Wenn sie herausbekam, was ihre Tochter so trieb, würde sie Anja womöglich bis ans Ende der Ferien in ihrem Zimmer einsperren und von morgens bis abends mit Klaviermusik bedudeln.
Jetzt war es allerdings nicht Anja, sondern Maike, die einlenkte. »Vielleicht hätten wir sie wirklich

nicht so überrumpeln sollen«, sagte sie mit versöhnlichem Unterton. »Immerhin ist das hier unser allererstes richtiges Treffen.«
Anja schob die Unterlippe vor und warf ihrer Freundin einen finsteren Blick zu. Verräterin!, schien sie zu denken, sagte aber nichts, sondern begann auf dem Flickenteppich auf und ab zu laufen.
»Trotzdem kann Lara nicht Chefin sein«, brummte sie. »Sie ist schließlich nur in den Ferien hier.«
Genau das Thema hatte Lara vor ein paar Tagen bereits mit Pilbert durchgekaut. Da Pilbert alleine jedoch sowieso keine richtige Bande sein konnte und schon gar nicht sein eigener Chef, war der Fall ziemlich schnell erledigt gewesen und Lara zur Chefin ernannt worden. Jetzt sah die Sache allerdings schon ein bisschen anders aus. Denn immerhin waren sie inzwischen zu viert.
»Dann brauchen wir eben eine Stellvertreterin«, schlug Maike vor. »Oder einen Stellvertreter«, betonte Pilbert.
»Ist doch egal«, brummte Anja. »Hauptsache, die Idee ist gut.«
Sie flitzte zu der altmodischen Kommode und holte einen Schreibblock und eine Handvoll Stifte aus der obersten Schublade.

»Hier«, sagte sie, während sie Maike, Lara und Pilbert jeweils ein Blatt Papier und einen Filzer in die Hand drückte. »Wir machen jetzt eine geheime Wahl. Jeder schlägt einen vor.«

»Nur sich selbst wählen darf man nicht«, bestimmte Pilbert.

Zuerst verzog Anja das Gesicht. Doch dann sah sie ziemlich schnell ein, dass sie ohnehin nicht weiterkommen würden, wenn jeder nur seinen eigenen Namen aufschrieb.

Lara wählte natürlich Pilbert. Rasch notierte sie seinen Namen, faltete ihren Zettel zusammen

und warf ihn in die Mitte des Flickenteppichs. Auch Anja schien nicht groß nachdenken zu müssen. Ihr Blatt landete als zweites auf dem Teppich. Am längsten überlegten Maike und Pilbert. Und als sie ihre Wahlzettel endlich ebenfalls in die Mitte gelegt hatten, stürzte Anja sich sofort darauf.

»Stopp!«, rief Lara und warf sich dazwischen. »Ich bin die Chefin, also mache ich die Dinger auch auf.« Hastig raffte sie die Zettel zusammen und drückte sie wie einen wertvollen Schatz gegen

ihre Brust. Pilbert verdrehte genervt die Augen. Er sagte aber nichts, sondern ließ sich wieder auf das Bett fallen.
Unterdessen faltete Lara den ersten Stimmzettel auseinander. »Anja«, las sie vor und legte den Zettel wieder auf den Teppich zurück. Auf dem nächsten stand »Pilbert« und auf dem dritten »Maike«.
So weit war die Sache klar und eigentlich logisch. Ein bisschen hatte Lara gehofft, dass Maike vielleicht Pilbert wählen würde. Immerhin hatte sie eine Weile überlegen müssen. Lara warf ihrem Freund einen kurzen Blick zu. Wen er sich wohl ausgesucht hatte? Anja oder Maike? Doch Pilbert ließ sich nichts anmerken, sondern starrte einfach bloß an die Decke.
Lara seufzte leise und faltete dann den letzten Wahlzettel auseinander. »Maike!«, rief sie erfreut.
Anja schien allerdings alles andere als glücklich zu sein. »Na super!«, knurrte sie. »Genauso habe ich mir das vorgestellt.«
»Aber das war doch klar«, verteidigte Maike sich. »Ich hab sogar noch überlegt, ob ich Hinrich Pilbert aufschreiben soll, nur damit ich's auf keinen Fall werde.«

»Ja, ja, schon gut«, brummte Anja und nickte zum Bett hinüber. »Besser du als der da.«

»Vielen Dank!«, rief Pilbert. Ruckartig sprang er auf und rannte auf die Tür zu. »Wenn das so ist, kann ich ja gehen.« Er drückte die Klinke herunter und stürzte in den Treppenflur.

»Nein!«, schrie Lara. »Pilbert, bitte bleib hier.« Wie ein geölter Blitz rannte sie hinter ihm her und bekam ihn auf der Treppe schließlich am T-Shirt zu fassen. »Du kannst mich doch jetzt nicht im Stich lassen«, flehte sie leise.

»Ach, das Ganze war doch sowieso eine Schnapsidee«, erwiderte Pilbert. »Ausgerechnet mit diesen beiden Zicken eine Bande zu gründen!« Er tippte sich gegen die Stirn. »Das kann gar nicht gut gehen.«

»Aber du warst doch auch dafür«, sagte Lara. Sie war empört und enttäuscht. »Du kannst doch jetzt nicht einfach abhauen.«

»Ich haue nicht ab, ich steige aus«, erwiderte Pilbert. »Damit das mal ganz klar ist, Lulatsch.«

»A-a…«, stammelte Lara. Mehr brachte sie nicht heraus, weil ihr Hals plötzlich wie zugeschnürt war. Bestürzt starrte sie Pilbert an.

»Ich hab keinen Bock auf diesen blöden Weiber-

kram«, knurrte er wütend. »Macht euren Mist gefälligst alleine.«
Dann wandte er sich ab, raste die Treppe hinunter und verschwand in der Dunkelheit des Flurs.
»Pilbeeert!«, schrie Lara. Ihre Augen brannten und plötzlich, ohne dass sie es wollte, rannte eine dusselige Träne über ihre Backe. Hastig wischte Lara sie weg.
»Umso besser«, hörte sie plötzlich Anja hinter sich sagen. »Der hätte sowieso nur gestört.«

Lara wirbelte herum. »Halt bloß die Klappe!«, fauchte sie. »Pilbert ist mein Freund. Und mir ist es nicht egal, dass er nicht mehr dabei ist.«
»Das sieht man«, höhnte Anja. »Du hast ja schon ganz verheulte Augen.« Grinsend drückte sie Maike ihren Ellenbogen in die Seite. »Merkst du was? Ich glaube, die Lara ist in den verknallt.«

Spionage

An diesem Abend lag Lara noch ewig lange wach. Sie konnte sich nicht erinnern, wann sie das letzte Mal einen solch niederschmetternden Tag erlebt hatte. Dass Pilbert nicht mehr mitmachte, war schlimm. Fast noch schlimmer fand Lara allerdings, dass Anja und Maike behaupteten, sie sei in ihn verknallt. Genau das war nämlich der größte Schwachsinn aller Zeiten! Ganz offenbar kapierten die beiden einfach nicht, wie gut man mit Pilbert zusammenarbeiten konnte. Am liebsten wäre Lara gleich mit ausgestiegen. Aber das ging ja nun mal nicht. Denn dann konnten Anja und Maike wieder tun und lassen, was ihnen einfiel, und das wollte Lara schließlich verhindern.

Je länger Lara darüber nachdachte, desto wütender wurde sie auf Pilbert. Sie würde mit ihm reden müssen. Gleich morgen.

Doch wie immer, wenn sie etwas Dringendes vorhatte, machte ihr Oma Lubatsch einen Strich durch

die Rechnung. Lara hatte sich das letzte Stück Toastbrot in den Mund gestopft und wollte gerade vom Frühstückstisch aufstehen, da schnappte ihre Großmutter nach ihrer Hand und tätschelte sie ausgiebig.
»Ich kann dir gar nicht sagen, wie froh ich bin,

dass du dich mit Anja und Maike angefreundet hast«, plapperte sie munter drauflos und zwinkerte ihrem Mann zu. »Nicht wahr, mein Lieber?«

Opa Lubatsch trug zwar kein Hörgerät, aber er lächelte trotzdem und nickte eifrig.

»Und deshalb sollten wir die beiden mal zum Kaffee einladen«, fuhr Oma Lubatsch fort.

»Zum Kaffee?«, rief Lara empört. »Anja und Maike? Aber ...«

»Natürlich«, fiel ihr die Großmutter ins Wort. »Das gehört sich einfach so. Am besten machen wir das gleich heute. Wir backen einen schönen Kuchen und dazu gibt es dann Kakao oder Limonade ...«

Oma Lubatsch erhob sich vom Sofa und marschierte geschäftig in die Küche.

»Och nö«, protestierte Lara. »Das ist doch altmodisch.« Hilfesuchend schaute sie ihren Opa an. Der lächelte und nickte immer noch.

Mannomann, dachte Lara wütend. Wozu sind denn diese dusseligen Hörgeräte überhaupt erfunden worden, wenn du sie sowieso nicht trägst?

»Altmodisch, papperlapapp!«, rief Laras Großmutter aus der Küche herüber. »Dieses Wort dürfte es eigentlich überhaupt nicht geben. Schließlich ist alles, was gestern angeblich noch altmodisch war, heute schon wieder hiphop modern.«

Lara verdrehte die Augen. Es war ihr völlig wurscht, wann was hip oder hop oder sonst was war, sie musste jetzt zu Pilbert hinüber! Da der direkte Weg durch Küche und Garten versperrt war, blieb eigentlich nur eins: die Flucht durchs Stubenfenster!

»Opa, wenn du schon nicht hören willst, dann wirst du mich bitte auch nicht verpetzen«, sagte Lara zu ihrem Großvater.

Sie schlang ihre Arme um seinen Nacken, griente ihn so herzerweichend an wie nur irgend möglich und drückte ihm einen saftigen Kuss auf die Nase. Jetzt lächelte er noch breiter.

Lara warf einen hastigen Blick durch die Küchentür und stellte befriedigt fest, dass ihre Oma gerade auf dem Boden kniete und bis zu den Schultern im Kühlschrank steckte. Mit einem Satz hechtete Lara zum Fenster, räumte in Windeseile sämtliche Blumentöpfe ab, zog die Gardine beiseite und legte den Griff um.

»Lärchen!«, ertönte da plötzlich die Stimme ihrer Oma hinter ihr. »Was machst du denn da?«

Lara wirbelte herum. »Äh …«, stammelte sie. »I-ich kann jetzt keinen Kuchen backen. Ich muss sofort weg.« Sie wartete Oma Lubatschs Antwort gar nicht erst ab, riss das Fenster auf, kletterte auf das Sims und sprang in den Garten hinaus.

In Windeseile umrundete sie das Haus, sprang hinter dem alten Kaninchenstall über den Graben auf das Pilbert'sche Grundstück hinüber und preschte

tief geduckt auf das Wohnhaus zu. Hoffentlich war Pilbert überhaupt zu Hause.
Lara stieg die ausgetretenen Steintreppen hinauf und schlüpfte durch die grüne Holztür in die Diele. Zum Glück waren in dieser ländlichen Gegend die Häuser tagsüber nie abgeschlossen. Jetzt musste sie nur noch unbehelligt in Pilberts Zimmer gelangen. Das Problem war allerdings, dass sie gar nicht so recht wusste, wo es sich befand. Bisher war sie in diesem Haus nämlich nicht weiter als bis zum Klo gekommen. Doch davon ließ Lara sich nicht abschrecken. Mit ein bisschen Glück und Verstand würde sie schon ans Ziel kommen.
Sie öffnete die nächste Tür, durchquerte den schmalen, dunklen Korridor und kam dann in eine Art geräumigen Treppenflur. Von dort aus gelangte man in drei Zimmer, außerdem gab es eine breite Holzstiege, die nach oben führte.
Lara überlegte nicht lange. Wenn es in einem Haus mehrere Stockwerke gab, befanden sich die Kinderzimmer fast immer oben. Zielstrebig tappte sie auf die Treppe zu und setzte ihren Fuß auf die erste Stufe. Da hörte Lara plötzlich Pilberts Stimme. Sie klang gedämpft und sie kam auch nicht von oben, sondern von hinten.

Lara wirbelte herum und starrte auf die geschlossene Tür, die sich schräg gegenüber befand. Ob sie einfach anklopfen und hineingehen sollte? – Na klar, was sonst! Ohne zu zögern lief Lara auf die Tür zu und hob ihre Hand. Da sagte eine Mädchenstimme: »Ich weiß auch nicht, ich kapier das einfach nicht.«

»Natürlich kapierst du das«, erwiderte Pilbert. »Ich erkläre es dir so oft wie nötig. Und wenn es bis heute Abend dauert.«

Lara ließ die Hand sinken. Was bedeutete denn das schon wieder? Machte Pilbert etwa Hausaufgaben? Mitten in den Ferien? Das konnte ja wohl nicht mit rechten Dingen zugehen.

Unschlüssig starrte Lara auf die Tür, in die ganz oben eine Milchglasscheibe eingesetzt war. Sie reckte sich auf die Zehenspitzen, was völlig hirnrissig war, denn die untere Kante der Scheibe befand sich mindestens einen halben Meter über ihrer Schädeldecke. Doch zum Glück stand an der Wand neben der Tür eine kleine Kommode. Lara musste sie nur ein wenig näher heranschieben und den Strauß aus getrockneten Strohblumen herunternehmen. Sie stellte ihn auf die Treppe, kletterte auf die Kommode und spähte durch die

Scheibe. Leider war nicht viel zu sehen. Durch das rubbelige Milchglas konnte Lara nur Licht und Schatten und bunte, verschwommene Formen erkennen.

»Das geht nicht«, sagte das Mädchen gerade. »Ich muss in einer Viertelstunde zu Hause sein. Ich habe meinem Vater versprochen, das verschwundene Lamm zu suchen.«

»Okay«, erwiderte Pilbert, »dann machen wir eben morgen weiter. Und was das Lamm angeht, helfe ich dir gerne …«

»Nee, lass mal«, fiel ihm das Mädchen ins Wort, »mein Vater ist da etwas eigen. Er mag es nicht, wenn so viele fremde Leute auf seinen Fennen herumlaufen.«

»Soooo viele bin ich doch gar nicht«, erwiderte Pilbert.

Das Mädchen lachte. Hell und glucksend und irgendwie ein bisschen eingebildet, fand Lara. Auf jeden Fall hatte sie plötzlich eine irre Wut im Bauch. Kaum war Pilbert aus der Bande ausgestiegen, traf er sich auch schon mit wildfremden Mädchen. Ein ganz schön starkes Stück!

»Nanu?«, sagte da auf einmal jemand hinter ihr. »Was haben wir denn da für einen hübschen

Blumenstrauß auf der Kommode?« Lara fuhr ein solcher Schreck in die Glieder, dass sie beinahe von der Kommode kippte. Mit klopfendem Herzen linste sie über ihre Schulter und blickte geradewegs in das verwunderte Gesicht einer jungen Frau. Sie hatte ebenso blonde wuschelige Haare wie Pilbert und sah ihm auch sonst sehr ähnlich.
»Oder spionierst du etwa meinem Sohn hinterher?«, fragte sie lächelnd.
»Oh ...«, stammelte Lara. »Nein ... äh ...«
In diesem Moment wurde die Stubentür geöffnet

und Pilbert trat in die Diele. Ein großes Mädchen mit langen schwarzen Haaren und blitzenden grünen Augen folgte ihm auf dem Fuß.
»Oh!«, stieß Lara ein weiteres Mal hervor.
Pilbert wandte sich zu ihr hin. »Was gibt's?«, fragte er so, als ob es das Selbstverständlichste auf der Welt wäre, dass Lara bei ihm im Flur auf der Kommode stand.
»Äh … nix«, sagte Lara. Sie schaute das Mädchen an, das etwa im gleichen Alter wie Pilbert zu sein schien und belustigt zu ihr hinaufsah. – Himmel nochmal, war das vielleicht peinlich!
»Für nix ist das aber ein ganz schöner Aufwand«, meinte Pilbert und stupste das Mädchen grinsend in die Seite.
Lara schoss die Hitze ins Gesicht. Sie war höllenteufelswütend und grottenabgrundtief verlegen zugleich. Die Situation war jetzt nur noch zu retten, wenn sie absolut ehrlich war. »Ich wollte mit dir reden«, sagte sie, nachdem sie von der Kommode heruntergeklettert war.
»Dann tu's doch«, erwiderte Pilbert.
»Das geht so jetzt schlecht«, sagte Lara zögernd.
Pilbert schüttelte den Kopf. »Kapier ich nicht.«
Lara warf dem fremden Mädchen einen verstoh-

lenen Blick zu und stellte fest, dass die zu allem Überfluss auch noch total hübsch aussah.

»Ach so, du meinst wegen Anne«, sagte Pilbert grinsend. Er lächelte das Mädchen für Laras Geschmack etwas übertrieben nett an und meinte: »Die muss sowieso gerade gehen.«

Anne nickte Lara zu. »War nett, dich kennenzulernen«, säuselte sie. Dann schlang sie Pilbert einen Arm um den Hals, drückte ihm einen Kuss auf die Backe und verschwand durch eine Tür auf der anderen Seite auf die Straße hinaus.

»W-was macht die denn hier?«, stammelte Lara.

»Ich gebe ihr Nachhilfe in Mathematik«, sagte Pilbert. »Außerdem ist sie meine Freundin.«

Einen Augenblick hatte Lara das Gefühl, ohnmächtig zu werden.

»A-aber wieso?«, stammelte sie, als sie sich wieder gefasst hatte.

»Wieso nicht?«, entgegnete Pilbert. »Ist es seit Neuestem etwa verboten, eine Freundin zu haben?«

»N-nein«, stotterte Lara. »I-ch dachte bloß ...« Sie biss sich auf die Unterlippe. *Dass ich deine Freundin bin*, dachte sie, aber das konnte sie ja wohl schlecht sagen.

Pilbert schien es jetzt allerdings genau wissen zu wollen. »Was dachtest du?«, hakte er nach.
Lara starrte auf ihre Schuhspitze, mit der sie verlegen über den Boden schabte. »Ach, nichts«, murmelte sie. »Ich glaube, ich geh dann mal besser …«

Ohne ihn noch einmal richtig anzugucken, drehte sie sich weg und wollte auf die Haustür zulaufen.
»Nix da!«, rief Pilbert und packte sie am Arm. »Heraus mit der Sprache! Du wolltest doch mit mir reden.«
»Jetzt nicht mehr!«, stieß Lara hervor.
Mit einem Ruck riss sie sich los, öffnete die Haustür und rannte auf den Bürgersteig hinaus.

Lara war verdammt nach Heulen zumute. Aber sie biss die Zähne zusammen und verkniff sich die Tränen. Einem Verräter wie Pilbert würde sie doch nicht eine Träne nachweinen. Oma Lubatsch hatte ja so recht gehabt. Jungen und Mädchen kamen einfach nicht miteinander aus.

Mit hängendem Kopf trottete Lara nach Hause, wo ihre Großmutter wahrscheinlich schon mit einer ordentlichen Standpauke auf sie wartete. Doch wenigstens in diesem Punkt irrte Lara sich. Denn als sie mit zögernden Schritten die Küche betrat, rührte Oma Lubatsch fröhlich pfeifend in einer großen Schüssel herum.

»Ach, da bist du ja wieder, mein Lärchen«, flötete sie. »Ich hab schon mal angefangen, den Teig zu rühren. Ich dachte an einen saftigen Mandarinenkuchen mit extra dicken Schokostückchen. Was meinst du?«

»Äh …«, sagte Lara und kratzte sich am Kopf. Unschlüssig schielte sie in die Stube hinüber.
»Um die Blumentöpfe und das Fenster brauchst du dir übrigens keine Sorgen zu machen«, meinte ihre Großmutter, während sie eine Dose Mandarinen in die Teigschüssel schüttete. »Das hat dein Opa bereits alles wieder in Ordnung gebracht. Aber bitte, Lärchen …«, Oma Lubatsch versenkte ihren Finger in der Schüssel und fischte eine gute Portion Teig heraus, »… das nächste Mal benutze

doch lieber wieder die Tür. Wir haben hinten und vorne eine davon. Ich denke, das sollte genügen, und es macht alles in allem ja auch viel weniger Umstände.«

Lara starrte ihre Oma ziemlich verdattert an. »Ja, also … äh …« Weiter kam sie nicht, denn im nächsten Moment hatte Oma Lubatsch ihr bereits ihren Teigfinger in den Mund gesteckt.

»Schmeckt er nicht einfach wunderbar?«, fragte sie lächelnd.

»Hmpf, mhpf«, schmatzte Lara. Sie wich einen Schritt zurück, schluckte hastig den Teig hinunter und nickte. Er war tatsächlich ausgesprochen köstlich.

Nun angelte Oma Lubatsch eine große Schachtel Schokostreusel aus dem Schrank und schüttete den kompletten Inhalt ebenfalls in die Schüssel. Dann rührte sie den Teig noch einmal kräftig durch und blickte Lara fragend an. »Und welche Backform nehmen wir?«

»Äh …«, stammelte sie, sprang dann auf den Herd zu und riss die Ofentür auf. »Am besten Gugelhupf.« Sie holte die Form heraus und stellte verwundert fest: »Aber der Backofen ist ja noch gar nicht an.«

»Das macht nichts«, entgegnete ihre Großmutter. »Die Hühnerschenkel sind ja auch noch nicht gebraten. Kartoffeln für den Salat müssen ebenfalls erst aufgesetzt werden, und die Beeren für die rote Grütze sind auch noch nicht gepflückt.« Sie sah ihre Enkelin scharf an. »Das könntest du jetzt zum Beispiel mal tun.«

»Aber Oma!«, rief Lara. »Wer soll denn das alles essen?«

»Die Anja, die Maike und du«, sagte Oma Lubatsch. Sie nahm sämtliche Formen und Bleche aus dem Backofen und stellte den Temperaturregler auf hundertachtzig Grad. »Und vielleicht bleibt für deinen Opa und mich ja sogar auch noch etwas übrig.«

Lara brachte über eine Stunde mit Himbeerenpflücken zu. Dabei schielte sie immer wieder zum Pilbert'schen Grundstück hinüber. Es war wirklich zu albern, dass Pilbert ihr gegenüber bisher kein Sterbenswörtchen über seine Knutschfreundin verloren hatte. So etwas war doch wichtig. Überlebenswichtig geradezu. Jedenfalls für eine echte Freundschaft. Mittlerweile war Lara richtig froh darüber, dass Pilbert heute Morgen auf dem

Friedhof die Düse gemacht hatte. Wenn er jetzt nur noch mit Anne herumhing, war er für eine echte Bande sowieso nicht zu gebrauchen.

Gegen Mittag waren alle Himbeeren entwurmt und verlesen und Oma Lubatsch kochte daraus eine herrliche Grütze. Überhaupt waren die Küche und das kleine Wohnzimmer von einem köstlichen Duft erfüllt. Laras Magen knurrte heftig, doch ihre Großmutter zeigte sich gnadenlos.

»Maike und Anja kommen um vierzehn Uhr«, sagte sie. »Bis dahin wirst du es ja wohl aushalten.«

Opa Lubatsch war der Einzige, der schon ein paar Hähnchenschenkel probieren und den Kartoffelsalat abschmecken durfte. Er benötigte sage und schreibe vier hoch aufgetürmte Salatkellen, um festzustellen, dass weder Pfeffer noch Salz oder Petersilie daran fehlten. Lara konnte den Anblick kaum ertragen und flitzte schon mal in den Garten hinaus, um dort alles für das Kaffeeklatschpicknick vorzubereiten.

Und dann, nachdem der Tisch mit einer karierten Decke und blauem Keramikgeschirr gedeckt und alle Stühle und Bänke mit Polsterkissen bestückt waren, trudelten endlich auch Anja und

Maike ein. Maike trug ihre ausgefransten Jeans und ein T-Shirt, Anja allerdings war mit einer weiß getupften Bluse, blauem Rock und weißen Sandalen bekleidet. Ihr braunes Haar war mit hellrosa Schleifen zu zwei Schwänzen zusammengebunden.

Lara kicherte. »Wie siehst du denn aus?«
»'tschuldigung«, sagte Anja ein wenig verlegen. »Ich konnte mich nicht mehr umziehen. Meine Mutter hat mich viel zu spät weggelassen.«
»Und sie hat natürlich darauf bestanden, dass Anja sich für diese Einladung extra fein macht«, stöhnte Maike und verdrehte die Augen.
»Wenn du willst, leih ich dir was von meinen Klamotten«, bot Lara an.
Doch Anja schüttelte den Kopf. Sie zog sich die Schleifenbänder aus den Haaren und schaute mit großen Augen auf die Leckereien, die Oma und Opa Lubatsch anschleppten. »Jetzt hab ich erst mal Hunger«, sagte sie, ließ sich auf einen Stuhl fallen und leckte sich über die Lippen. »Wenn meine Mutter mal backt, dann kriege ich immer nur ein kleines Stückchen.«
»Genau«, erzählte Maike, »und ihre Eltern essen gleich zwei oder drei auf einmal.«
»Na, so etwas!«, wunderte sich Laras Großmutter. »Bei uns ist es genau umgekehrt. Jetzt esst ihr erst einmal so viel, wie ihr könnt, und Opa und ich futtern dann den Rest.«

Ein neuer Fall?

»Klar«, sagte Anja, während sie genüsslich schmatzend den dritten Hähnchenschenkel abnagte, »Hinrich Pilbert und Anne Jensen. Das hab ich mir schon gedacht.«

»Gedacht?«, hakte Lara nach. »Wieso nur gedacht?«

Vielleicht bedeutete das ja, dass die beiden gar nicht so richtig doll befreundet waren. Doch da war sie offenbar völlig schiefgewickelt.

»Na ja«, meinte Anja nämlich. »Das ist eben so eine Sache mit diesen Liebesdingen. Das weiß ja immer keiner so genau.«

Maike nickte, legte ihre Knochenreste in die dafür vorgesehene Schüssel und lutschte sich die Finger ab. »Die knutschen doch nicht in aller Öffentlichkeit«, sagte sie. »So was ist ja immer schrecklich peinlich.«

Schrecklich peinlich? – Lara fand die Geschichte eher schrecklich schrecklich als schrecklich peinlich. Aber das konnten Anja und Maike sowieso

nicht verstehen. Also hielt sie die Klappe und kaute lustlos auf einer Kartoffelscheibe herum.
»Uns kann es ja auch egal sein«, meinte Anja. Sie stellte den leer gefutterten Hähnchenteller ins Gras, füllte eine Schale mit roter Grütze und Vanillesoße und fischte sich ein Stück Kuchen von der Platte. »Pilbert passt sowieso nicht zu uns.«
»Wieso das denn nicht?«, platzte Lara empört heraus.
»Weil er ein Junge ist«, erwiderte Anja.
Maike nickte. »Und zu alt ist er außerdem.«
»Gar nicht«, brummte Lara. »Ich bin immer gut mit ihm ausgekommen.«
»Ja, du vielleicht«, sagte Anja und biss ein großes Stück von ihrem Kuchen ab. »Bu bist ba auch abeine bit ihm bewesen«, mümmelte sie.
Maike nickte immer noch. »Genau«, bestätigte sie. »Ein Junge und ein Mädchen, das geht. Aber drei Mädchen und ein Junge …« Jetzt schüttelte sie den Kopf. »Hast du ja selber gesehen. Er konnte es nicht mal ertragen, dass er nicht der Stellvertreter geworden ist.«
»Drei Mädchen über sich, das hält kein Junge aus«, sagte Anja.
»Wieso denn drei?«, erwiderte Lara. »Du und

er, ihr wärt doch absolut gleichberechtigt gewesen.«

»Na und!«, brummte Anja. »Jetzt sind wir eben zu dritt absolut gleichberechtigt.«

»Sind wir nicht«, sagte Lara empört. »Ich bin die Chefin. Und Maike ist meine Stellvertreterin.«

Anja nahm noch eine ordentliche Portion Grütze nach. »Aber sie ist meine beste Freundin«, entgegnete sie. »Und außerdem kenne nur ich die Einzelheiten unseres ersten Falles.«

Lara ließ die Gabel mit dem Kartoffelsalat, die sie sich gerade in den Mund schieben wollte, auf den Teller zurücksinken. Hatte sie richtig gehört? Oder hatte sie etwa pfundweise Krokant auf dem Trommelfell? »Was für ein Fall?«, fragte sie.

»Den mit den gestohlenen Lämmern«, sagte Anja und reckte siegesgewiss ihr Kinn in die Höhe.

Gestohlene Lämmer? – Moment mal ... Diese komische Anne hatte doch auch was von einem verschwundenen Lamm gefaselt. Fast posaunte Lara es heraus, doch im letzten Augenblick biss sie sich auf die Zunge. Sollte Anja doch denken, dass sie einen fetten Trumpf im Ärmel hatte.

»Und wennschon«, brummte Lara also und stopfte sich den Kartoffelsalat in den Mund.

»Du willst also nicht mitmachen?«, fragte Anja. Lara schüttelte den Kopf. »Nich wenn ich nich Schefin bin«, presste sie zwischen den Kartoffelstücken hervor. »Gewählt ist schließlich gewählt.«
»Ach, diese blöde Wahl gilt doch jetzt gar nicht mehr«, erwiderte Anja.
»Und wieso nicht?«, entgegnete Lara.
»Weil Pilbert ausgestiegen ist und seine Stimme nicht mehr zählt.«
»Du bist ja bescheuert«, sagte Lara.
»Und du erst«, fauchte Anja. Hastig schaufelte sie den Rest Grütze aus ihrer Schale in sich hinein. Dann sprang sie auf, packte Maike am Handgelenk und zerrte sie ebenfalls vom Stuhl hoch. »Komm, dann klären wir die Sache eben alleine.«
»Und wenn sie uns verpetzt?«, wandte Maike ein.
»Soll sie doch«, brummte Anja. »Beweisen kann sie ja sowieso nix.«
Lara ballte die Fäuste. »Aber Pilbert und ich haben euch erwischt, wie ihr Oma Lubatschs Auto mit dummen Sprüchen besprüht habt«, fauchte sie. »Außerdem habt ihr alles gestanden.«
»Pilbert und du, hahaha!«, geiferte Anja. »Ihr

könnt ja viel erzählen! Ich bin immerhin die Tochter vom Stadtrat. Was denkst du wohl, wem man mehr glaubt?«

Wütend kniff Lara die Augen zusammen. Am liebsten hätte sie Anja eine gescheuert. Aber das brachte ja nichts.

»Dann haut doch ab!«, brüllte sie die Mädchen an.

»Zu Befehl, Chefin«, höhnte Anja. Sie drehte sich um und zerrte die etwas widerspenstige Maike durch den Garten an der verdatterten Oma Lubatsch vorbei in Richtung Straße.

»Was ist denn hier los?«, fragte Laras Großmutter. Kopfschüttelnd eilte sie auf ihre Enkelin zu. »Habt ihr euch etwa gestritten?«

»Anja ist eine doofe Kuh«, knurrte Lara. Sie ließ sich auf ihren Stuhl plumpsen, kreuzte die Arme über der Brust und stierte wütend auf ihren halb leer gegessenen Teller. »Schlägt sich hier den Bauch voll und fängt dann an loszuätzen.«

»Na, na, na, na …«, sagte Oma Lubatsch.

»Ist doch aber so«, erwiderte Lara hastig, bevor die Großmutter eine ihrer berühmten Reden schwingen konnte. »Manche Mädchen verstehen sich einfach nicht. Und manchmal klappt es zwischen Mädchen und Jungen eben besser. Auch, wenn der Junge älter ist.«

Uuups! Jetzt war es heraus. Lara seufzte.

Oma Lubatsch setzte sich neben sie und seufzte ebenfalls.

»Meinst du etwa Hinrich? Hinrich Pilbert?«, fragte sie und durchbohrte Laras Stirn mit ihrem Blick.

Obwohl Lara damit rechnete, dass ihre Großmutter gleich explodieren würde, nickte sie. Sie war diese dusselige Heimlichtuerei langsam leid. Schließlich hatte sie auch so schon genug Probleme.

»Lärchen, Lärchen, Lärchen.« Oma Lubatsch

seufzte noch einmal. »Ich habe es geahnt: Du hast dich verliebt.«

»Quatsch!«, brummte Lara.

Aber ihre Großmutter hörte überhaupt nicht hin. Sie erhob sich vom Stuhl und begann damit, das Geschirr zusammenzuräumen. »Jetzt haben wir den Salat. Deshalb bist du also vorhin durch das Fenster geflüchtet«, murmelte sie vor sich hin. »Da wird mir aber einiges klar. Lärchen, Lärchen, Lärchen …« Kopfschüttelnd schaute sie ihre Enkelin an. »Hätte das nicht noch ein paar Jährchen Zeit gehabt?«

Erste Ermittlungen

Mit einem Satz war Lara auf den Füßen, und nur wenige Sekunden später stand sie bereits vor dem Haus auf der Straße. Lara blickte sich um. Es war wirklich zu dumm, dass sie keine Ahnung hatte, wo diese komische Anne wohnte. Sonst wäre sie jetzt glatt dorthin gelaufen und hätte ein bisschen wegen des verschwundenen Lamms nachgeforscht. Sie konnte Anja und Maike diesen Fall doch nicht einfach tatenlos überlassen!
Lara überlegte. Rechtsherum ging es am Friedhof und beim Metzger Pioch vorbei zum Schneiderhof hinaus. Den Namen Jensen hatte sie bis heute Morgen noch nie gehört. Vielleicht sollte sie einfach jemanden nach deren Grundstück fragen. Dann musste sie sich jetzt bloß noch entscheiden, in welche Richtung sie losstiefeln wollte. Die Wahl fiel auf links. Die Gegend dort kannte Lara nämlich noch überhaupt nicht. Sie wechselte die Straßenseite und schlenderte an einigen Gärten und Wohnhäusern vorbei.

Dummerweise waren kaum Leute unterwegs. Bestimmt hockten sie alle bei Kaffee und Kuchen auf ihren Terrassen. Hier und da knatterten Rasenmäher, aber auch die schienen eher hinter den Häusern im Einsatz zu sein.

Lara dachte an Pilbert. Sie vermisste ihn. Es war einfach zu blöd, aber die ganze Zeit über malte sie sich aus, wie es wäre, wenn Pilbert und sie den Fall mit den verschwundenen Lämmern zusammen klären könnten. Dann könnten sie jetzt lustig zum Jensenhof spazieren und ermitteln. Aber dann wäre automatisch diese affige Anne mit von der Partie, und darauf konnte Lara nun wirklich sehr gut verzichten!

Voller Wut ballte sie die Fäuste und merkte nicht, dass sie geradewegs auf eine Querstraße zulief. Plötzlich ertönte eine Hupe. Lara stoppte im buchstäblich letzten Moment, denn nur einen Zentimeter weiter wäre ihr ein Junge mit seinem Fahrrad über die Füße gefahren.

Der Junge, der eine dunkelblaue Baseballkappe auf seinem strohblonden Schopf trug, hatte eine Vollbremsung hingelegt. Er drehte sich zu Lara um und brüllte: »Sag mal, bist du total übergeschnappt? Hast wohl gerade davon geträumt, welche Frisur du deinem Goldfisch als Nächstes verpasst oder wie!« Er schüttelte den Kopf, brummte noch so etwas wie: »Weiber!«, hob sich wieder auf den Sattel und wollte weiterfahren. Doch Lara, die sich nach dem ersten Schreck sehr schnell wieder im Griff hatte, hielt das Rad einfach am Gepäckträger fest. »He, warte doch mal«, rief sie. »Ich muss dich was fragen.«

»Mann, du bist ja vielleicht irre«, brummte der Junge. Er sprang vom Rad und schob es zu Lara auf den Bürgersteig. »Richtig allgemeingefährlich bist du.«

»Entschuldigung«, murmelte Lara. »Ich war etwas in Gedanken. Und einen Goldfisch habe ich auch nicht.« Sie blickte dem Jungen geradewegs ins Gesicht und plötzlich erkannte sie ihn. Das war doch genau der Typ, dem sie letztens beim Spionieren auf dem Schneiderhof vor die Füße gerannt war. Völlig verdattert starrte sie ihn an.

»Was ist denn jetzt?«, brummte er. »Du wolltest mich doch was fragen. Oder hast du auf einmal die Maulsperre?«

»Äh … nein«, stammelte Lara und kratzte sich verlegen am Hals.

Im Gegensatz zu ihr hatte er sie offenbar nicht

erkannt. – Na ja, kein Wunder eigentlich. Als sie einander begegnet waren, hatte Lara nämlich ein rußgeschwärztes Gesicht und wild zerzauste Haare gehabt. Und außerdem hatte sie so getan, als ob sie kein Deutsch verstünde und ihm lauter Sachen wie »Brudigldasah« und »Gullugulloham« an den Kopf geschmissen.

»Also …«, fuhr sie fort. »Ich suche nämlich den Jensenhof.«

»Den Jensenhof?« Der Junge schüttelte den Kopf. »Du meinst wohl den Schneiderhof. Da wohn ich nämlich«, erklärte er. »Ich bin Malte. Malte Schneider.«

Ich weiß, wäre es Lara fast über die Lippen geflutscht. Aber das hätte die Sache nur unnötig kompliziert. Sie holte einmal tief Luft und sagte: »Trotzdem muss es hier jemanden geben, der Jensen heißt.«

»Gibt es ja auch«, erwiderte Malte. »Allerdings haben die keinen Hof, sondern nur eine kleine Schäferei.«

Lara nickte eifrig. »Ja, genau die suche ich.«

Malte nickte. Er drehte den Schirm seiner Baseballkappe ein Stück zur Seite und holte einmal tief Luft. »Du gehst einfach weiter geradeaus, bis die

Straße zu Ende ist. Dann links an der Bäckerei vorbei, rechts über die kleine Brücke, an der alten Mühle vorbei und dann links in den Feldweg. Und dann siehst du sie eigentlich schon.«

»Vielen Dank«, sagte Lara. »Ist es eigentlich sehr weit?«

Malte zuckte die Schultern. »Na ja … zu Fuß vielleicht eine Viertelstunde. Mit dem Fahrrad wärst du natürlich schneller«, meinte er und schielte auf seinen Gepäckträger.

Sollte das etwa eine Einladung sein?, dachte Lara erschrocken.

Natürlich wäre es nett gemeint, und es wäre natürlich ebenso nett, mit jemandem bei den Jensens aufzutauchen, der sich in der Gegend auskannte. Andererseits dachte Lara nicht im Traum daran, sich von einem fremden Jungen herumkutschieren zu lassen. Nachher spielte der sich noch auf. Nee, nee. Nach dem Ärger mit Pilbert, Anja und Maike hatte sie erst mal die Nase voll von Teamarbeit. Diesen Fall würde sie ganz alleine klären.

»Och«, sagte sie deshalb, »ich habe Zeit ohne Ende. Mir macht es überhaupt nichts aus, ein wenig durch die Gegend zu spazieren.«

»Ja dann«, erwiderte Malte. Er zog sich den Kappenschirm wieder ins Gesicht, trat in die Pedale und brauste in Richtung Friedhof davon.
Lara erreichte das Ende der Straße nach knapp zehn Minuten. Das letzte Eckhaus auf der linken Seite war die Bäckerei. Einige Meter hinter dem Straßenende schlängelte sich ein breiter Bach durch die Landschaft, den man über eine schmale Holzbrücke überqueren konnte. Lara lief an der Mühle vorbei, betrat den Feldweg und blinzelte gegen die Sonne. Ja, dahinten lag sie wohl, die

Schäferei. Sie bestand aus einem Wohnhaus aus rotem Backstein und einem langen flachen Stallgebäude. Rundherum lagen Fennen, auf denen Schafe weideten.

Das verschwundene Lamm

Langsam lief Lara den Feldweg entlang, die beiden Gebäude und die Fennen immer im Blick. Die meisten Lämmer waren schon fast genauso groß wie ihre abgeschorenen Mütter. Es gab jedoch auch noch ein paar kleine Tiere, die erst wenige Wochen alt waren. Die fand Lara besonders niedlich. Nach einiger Zeit gelangte sie an eine schmale Straße, die direkt auf die Schäferei zuführte. Lara wechselte auf die gegenüberliegende Seite und folgte ihr bis zur Toreinfahrt. Auf dem Hof parkte ein großer Viehtransporter. Die Fahrertür war offen. Daneben standen zwei Männer und unterhielten sich.

Pilbert und Anne waren ebenfalls da. Sie hockten auf dem Zaun neben der Toreinfahrt. Weil sie von einer großen Trauerweide verdeckt wurden, bemerkte Lara die beiden erst jetzt. Erschrocken machte sie einen Satz zurück. Aber es war zu spät. Pilbert hatte sie bereits gesehen. Er sprang vom Zaun herunter und kam auf sie zu.

»He, Lulatsch«, brummte er. »Was soll das? Spionierst du mir etwa nach?«

»Dir doch nicht«, sagte Lara. Sie biss sich auf die Lippen. Eigentlich wollte sie nichts und niemandem etwas darüber verraten, dass sie an einem neuen Fall dran war. Schon gar nicht Pilbert.

»Wem denn dann?«, bohrte der nach.

»Niemandem«, sagte Lara.

»Ach so«, meinte Pilbert. »Du spazierst hier also rein zufällig durch die Gegend.«

»Das nicht«, erwiderte Lara. »Ich wollte nur mal sehen, ob das verschwundene Lamm wieder aufgetaucht ist.«

»Und dafür kommst du extra her?«, wunderte Pilbert sich. »Du hättest mich doch einfach bloß zu fragen brauchen.«

»Du bist ja nie da«, platzte Lara heraus.
Pilbert schüttelte den Kopf »Du bist wirklich ulkig, Lulatsch.«
»Aber sie hat ja recht«, mischte Anne sich ein. »Als ich in Österreich war, hattest du jede Menge Zeit für sie. Und jetzt …?«
»Na, hör mal!«, rief Pilbert empört. »Willst du denn nicht mit mir zusammen sein?«
Auch Lara war geplättet. Da wurde sie ausgerechnet von Pilberts Knutschfreundin in Schutz genommen.
»Darum geht es doch gar nicht«, sagte Anne zu ihm. »Ich habe schließlich auch noch andere Freunde. Sandra zum Beispiel und …«
»Lara hat auch noch andere Freunde«, fiel Pilbert

ihr ins Wort. Er kniff die Augen zusammen und sah Lara durchdringend an. »Wo sind die beiden denn überhaupt?«

Das geht dich überhaupt nichts an, dachte Lara. Sie würde den Teufel tun und Pilbert erzählen, dass sie sich mit Anja und Maike gezofft hatte und nun sozusagen nur noch ein Ein-Frau-Detektivclub war.

»Zu Hause, nehme ich an«, sagte sie nur und wandte sich dann Anne zu, von der sie offenbar mehr Unterstützung erwarten konnte. »Was ist denn nun mit eurem Lamm? Hat dein Opa es wiedergefunden?«

Anne schüttelte den Kopf. Plötzlich sah sie total traurig aus. »Heinrich ist einfach verschwunden«, sagte sie. »Wir können uns das gar nicht erklären. Er war noch so klein und sooo süß. Wir mussten ihn mit der Flasche füttern, weil seine Mutter nicht genug Milch hatte.«

»Auf welcher Fenne war er denn?«, fragte Lara. Sie blickte sich um. »Vielleicht ist er ja irgendwo durch den Zaun geschlüpft.«

»Das haben sie doch alles schon gecheckt«, sagte Pilbert ungeduldig. »Was glaubst du denn! Die kennen sich schließlich aus mit ihren Tieren.«

»Also, ich finde es total süß von Lara, dass sie sich solche Gedanken macht«, erwiderte Anne. Sie bedachte Pilbert mit einem Kopfschütteln und legte Lara ihren Arm um die Schultern. »Hast du Lust, dir unser anderes Handlamm anzuschauen? Es ist nur eine Woche älter als Heinrich. Wenn du magst, kannst du ihm die Flasche geben.«

»O ja! Echt?« Lara freute sich. Anne war ja richtig klasse! Und plötzlich machte es ihr überhaupt nichts mehr aus, dass das hübsche große Mädchen mit Pilbert befreundet war.

Lara rannte mit Anne quer über den Hof. Pilbert folgte ihnen nur zögernd. Als sie an dem Doppelachser vorbeikamen, blieb Lara stehen und fragte: »Holen die etwa Schafe ab?«

Anne drehte sich zu ihr um und nickte. »Ja, Papa verkauft die älteren Lammböcke. Die meisten von ihnen werden wohl geschlachtet werden.« Sie zupfte Lara am Ärmel. »Komm schon. Ich habe keine Lust, dabei zuzusehen.«

Lara atmete einmal tief durch und lief weiter neben Anne her auf eine Fenne zu, die direkt neben dem Stallgebäude lag. Die Schafe und Lämmer, die dort weideten, fingen sofort an zu mähen und kamen an den Zaun getrabt.

»Wir müssen zuerst die Flasche fertig machen«, sagte Anne und ging auf das Stalltor zu.
Direkt daneben stand ein altmodischer Kinderwagen mit riesigen Rädern, in den jemand Pflanztöpfe mit üppig blühenden Geranien gestellt hatte. Hübsch!, dachte Lara und betrat hinter Anne einen kleinen Vorraum, wo sich ein Tisch, ein Regal und ein Waschbecken befanden. Anne nahm eine Trinkflasche aus dem Regal, schüttete eine kleine Schaufel gelblich weißes Pulver hinein und füllte die Flasche mit warmem Wasser auf. Anschließend schraubte sie einen Sauger darauf und drückte sie Lara in die Hand. »Sieht ja fast wie eine Babyflasche aus«, wunderte Lara sich.
»Logisch.« Anne grinste. »Lämmer sind schließlich auch Babys. Nur die Form der Schnullis ist hier natürlich anders. Sie sehen eher so aus wie die Zitzen an den Eutern der Mutterschafe.« Sie nickte Pilbert, der immer etwas Abstand hielt, aufmunternd zu. »Nimmst du noch einen Eimer Futterschrot für die Schafe mit?«
Pilbert seufzte leise, tat aber, worum seine Freundin ihn gebeten hatte. Er schnappte sich einen der beiden Zinkeimer, die unter dem Tisch standen, und verschwand damit um die Ecke.

»Wir gehen schon mal vor!«, rief Anne ihm hinterher. »Sonst wird die Milch für Lili kalt.« Sie und Lara rannten nach draußen auf die kleine Hocktür zu, wo die Schafe bereits auf sie warteten. Anne öffnete das Tor und die Mädchen schlüpften hindurch. Ein kleines weißes Lamm mit grauen Flecken im Gesicht drängte sich nach vorn und stupste Anne ungeduldig gegen die Knie.

»Heute hat Lara deine Milch«, sagte Anne.

Sie strich dem Lämmchen zärtlich über den Kopf, während Lara ihm die Flasche vor die Nase hielt. Lili schnappte sofort nach dem Schnuller und fing kräftig an zu saugen. Dabei tippelte sie aufgeregt hin und her und wedelte mit dem winzigen Schwänzchen. Die Flasche war ruckzuck leer getrunken. Lili ließ sich noch einmal von Lara über den Rücken streicheln, dann sprang sie zu den anderen Lämmern zurück.

Inzwischen war auch Pilbert herausgekommen. Er reichte Anne den Eimer über den Zaun, und Lara sah, dass er mit kleinen braunen Würmern aus gepresstem Schrot gefüllt war. Augenblicklich wurde Anne von den Schafen umdrängt. Sie hob den Eimer über ihren Kopf, arbeitete sich bis zur

Futterrinne vor und kippte das Schrot hinein. Die Tiere machten sich sofort darüber her. »Dieses Zeug lieben sie mehr als die besten Kräuter«, sagte Anne. »Keine Ahnung wieso.«
Sogar Lili drückte sich zwischen den großen Schafen bis zur Futterrinne vor und beschnupperte die Schrotwürmer, nahm sogar einen ins Maul, kaute ein bisschen darauf herum und ließ ihn wieder in die Rinne zurückfallen.
Anne schaute das Lamm liebevoll an. »Sie ist noch zu klein«, meinte sie. »Aber nicht mehr lange hin und sie wird genauso verrückt nach den Dingern sein wie die Großen.«
In diesem Moment ertönte ein lautes Motorengeräusch zu ihnen herüber. Lara, Anne und Pilbert schauten zum Hof. Der Viehtransporter fuhr langsam an.
»Hat dein Papa nun doch keine Tiere verkauft?«, fragte Lara.
»Doch, doch«, sagte Anne. »Er hat sie auf der anderen Seite des Stalles in einem Hock zusammengetrieben. Von dort aus werden sie verladen.«
»Und dann?«, wollte Lara wissen. »Werden sie dann direkt zum Schlachthof gebracht?«
Anne schüttelte den Kopf. »Nein«, sagte sie.

»Jedenfalls nicht alle. Der Viehhändler verkauft sie weiter. An andere Bauern, an den Schlachthof oder an andere Händler. Einige von ihnen werden durch ganz Deutschland gekarrt und erst im Süden geschlachtet. Manche kommen dann zu Fleisch verarbeitet wieder in unsere Gegend zurück. Total idiotisch ist das. Meine Großeltern finden das auch. Aber leider hat kein Schäfer heutzutage mehr Einfluss darauf, wohin seine Tiere am Ende kommen.«

Vor dem Einschlafen dachte Lara noch eine ganze Weile über ihre Erlebnisse in der Schäferei Jensen nach. Bei der Vorstellung, dass die kleine süße Lili ausgerechnet an einem brütend heißen Sommertag ans andere Ende von Deutschland transportiert und dort geschlachtet wurde, spürte sie einen kleinen Stich im Herzen. Andererseits gab es gerade für dieses Lämmchen vielleicht noch Hoffnung, weil es ein Weibchen war und selber wieder Lämmer bekommen konnte. Deshalb würde Annes Vater Lili möglicherweise gar nicht verkaufen, sondern für seine eigene Schafzucht behalten.
Auf jeden Fall verstand Lara nur zu gut, dass Anne

über den Abtransport der Lämmer so traurig war. Umso mehr wunderte sie sich allerdings darüber, dass Anne Heinrichs Verschwinden so gelassen hinnahm. Das war wirklich komisch. Und so beschloss Lara, gleich am nächsten Morgen wieder zur Schäferei zu laufen und Anne danach zu fragen.

Als Lara nach dem Frühstück aus dem Haus trat, sah sie Malte, der auf dem Zaun des Grundstücks gegenüber hockte. Er winkte ihr zu. Lara spurtete über die Straße.
»Was ist denn los?«, fragte sie ihn.
»Ich wollte dir was zeigen«, sagte er, schob eine Hand in seine Hosentasche und zog etwas Weißes daraus hervor. »Hier«, fuhr er fort und ließ einen tütenförmigen Schlüsselanhänger aus Mäusefell vor ihrer Nase baumeln. »Kennst du den vielleicht?«
Oh Gott, dachte Lara. Das ist ja Pilberts!
»Wo hast du denn den gefunden?«, stieß sie hervor.
Malte grinste und stopfte ihn wieder in seine Hosentasche zurück. »Du weißt also, wem er gehört«, stellte er fest.

Himmel nochmal! Lara hätte sich am liebsten selbst in den Hintern gebissen. Wie hatte sie nur so hirnlos sein können! Jetzt galt es, Ruhe zu bewahren und nichts Unüberlegtes mehr zu sagen. Sie atmete einmal tief durch und erwiderte: »Ja, schon möglich. Ich will mir aber ganz sicher sein. Und deshalb musst du mir zuerst sagen, wo du ihn gefunden hast.«
Malte seufzte. »Du bist ganz schön gerissen«, sagte er. In seiner Stimme schwang Bewunderung mit.

»Also gut. Das Ding lag auf unserem Grundstück. Ganz in der Nähe der Fenne, von der zwei unserer Lämmer verschwunden sind.«
Lara stockte der Atem. »Lass mich raten«, presste sie hervor. »Es waren Handlämmer und es waren Böcke, stimmt's?«
Malte schob sich die Kappe noch ein Stück weiter in den Nacken und pfiff durch die Zähne. »Haarscharf!«, bestätigte er. Er machte einen Schritt auf Lara zu und setzte ihr den Finger auf die Brust. »Und jetzt rück raus damit! Wem gehört der Schlüsselanhänger?«
»Das kann ich dir nicht sagen«, antwortete Lara.
Malte kniff die Augen zusammen. »Und warum nicht?«, brummte er. »Du hast es schließlich versprochen.«
»Ich weiß«, gab Lara zu. Sie wich ein Stück zurück, weil sein Finger sie irgendwie nervös machte. »Aber es geht nicht. Das Ding gehört vielleicht einem Freund von mir. Den kann ich doch nicht einfach verraten. Jedenfalls nicht, solange ich nichts Genaueres weiß.«
Malte starrte sie mit großen Augen an. »Okay«, stieß er schließlich hervor. »Du bist ja ein echter Kumpel, Mann. Das find ich gut. Echt!« Er ver-

zog seinen Mund zu einem breiten Grinsen. »Ich schlage vor, wir machen gemeinsame Sache.«

»Ja …«, sagte Lara zögernd. Eigentlich hatte sie den Fall ja alleine lösen wollen, aber nun hatte sie wohl keine andere Wahl, als sich Malte anzuschließen. »Wir könnten natürlich zu euch gehen und noch mehr Spuren sichern.«

»Nee, nee.« Malte schüttelte den Kopf. »Ich hab da eine bessere Idee. In der letzten Nacht ist nämlich wieder ein Handlamm verschwunden. Und zwar beim alten Henningsen.«

Auf heißer Spur

Gleich nach dem Mittagessen stürzte Lara auf die Straße hinaus und lief dort ausgerechnet Pilbert vor die Füße.

»Na, Lulatsch?«, sagte er. »So eilig, deine Freundinnen zu treffen?«

»Und du?«, brummte Lara. »Du hast es wohl gar nicht eilig, zu Anne zu kommen. Außerdem treffe ich mich gar nicht mit Anja und Maike, sondern mit Malte.«

»Malte?« Pilberts Gesicht verfinsterte sich. »Malte Schneider? Was willst du denn von dem?«

»Geht dich gar nichts an«, knurrte Lara. Sie blickte die Straße hinunter und sah Malte bereits heranradeln. Sofort sprintete sie auf die andere Straßenseite und fing wie wild an zu winken. Malte legte einen Zahn zu und stoppte dann direkt neben ihr. Lara stieg auf den Gepäckträger und klammerte sich am Sattel fest. Während Malte in

Richtung alte Mühle weiterfuhr, linste Lara über ihre Schulter zurück und stellte fest, dass Pilbert wie vom Erdboden verschluckt war.

»Was wollt ihr denn, ihr neugierigen Hühner?«, brummte der alte Bauer Henningsen, den Lara und Malte nach längerem Suchen schließlich auf seinem Trecker aufspürten.
»Wir haben gehört, dass heute früh von Ihrer Fenne ein Lamm verschwunden ist«, erwiderte Malte.
Der alte Henningsen nickte. »Das stimmt«, brummte er. »Aber was interessiert euch Gören

das? Heute Morgen war schon die kleine Wolters mit einer Freundin da und hat dumme Fragen gestellt.«

Anja und Maike!, dachte Lara. Sieh an, sieh an! Sie machten also ernst und ermittelten ebenfalls in diesem Fall. Lara ballte die Fäuste. Es wäre doch wohl gelacht, wenn sie und Malte den Täter nicht vor den beiden Zicken überführen würden!

»Entschuldigung«, presste Lara hervor. »Aber es sind in den letzten Tagen ja schon eine ganze Menge Lämmer verschwunden. Ich habe bereits einen Verdacht, und deshalb wäre es gut, wenn Sie uns sagen könnten, auf welcher Fenne das Lamm gestanden hat.«

»Einen Verdacht?« Der alte Henningsen schaute die beiden belustigt an. »Na, dann man tau«, sagte er. »Das Lamm war natürlich direkt hinter dem Stall. Und wenn ihr diesen Lausejungen tatsächlich zu fassen kriegt, dann möchte ich ihm höchstpersönlich den Hosenboden stramm ziehen.« Er nickte den beiden noch einmal kurz zu, startete den Treckermotor und ruckelte langsam, den Güllewagen hinter sich herziehend, in Richtung Hofausfahrt.

»Er glaubt also, dass es ein Junge war«, murmelte

Malte nachdenklich. »Das kann ich mir gar nicht vorstellen. Was will ein Junge mit einem Haufen Handlämmer?«

»Keine Ahnung«, erwiderte Lara. Im Prinzip stellte sie sich die gleiche Frage, nur mit einem winzigen Unterschied, nämlich: Was zur Hölle wollte *Pilbert* mit einem Haufen Handlämmer?

»Komm«, sagte sie. »Lass uns mal nachschauen, ob wir bei der Fenne irgendwas Verdächtiges entdecken.«

Hastig rannten die beiden auf das Stallgebäude zu. Hoffentlich hatten Anja und Maike nicht schon alle Spuren aufgenommen. Oder gar entfernt!

»Hier muss es sein!«, rief Malte atemlos. Er deutete auf eine kleine eingezäunte Wiese, die gleich an den Stall grenzte. Mitten darauf stand ein Apfelbaum, und drumherum grasten ein paar wenige Schafe mit ihren Lämmern.

Lara war als Erste am Gatter. Sie und Malte umrundeten das ganze Gehege und suchten den Zaun und den Boden nach Spuren ab. Doch nirgends entdeckten sie Beschädigungen oder platt getretene Stellen im Gras. »Als ob der Dieb alle seine Spuren gleich wieder verwischt hätte«, murmelte Lara.

»Vielleicht kann er ja fliegen«, meinte Malte grinsend.
»Sehr witzig«, brummte Lara.
Plötzlich stach ihr etwas ins Auge. – Ein kleines braunes, wurmartiges Etwas, das direkt neben ihrem Fuß auf einem Breitwegerichblatt lag. Sie bückte sich und hob es auf. »Schaffutter!«, rief sie aufgeregt und hielt es Malte unter die Nase.
Der zuckte allerdings nur gelangweilt die Schultern. »Was ist daran Besonderes?«, erwiderte er. »Immerhin sind wir hier auf einem Bauernhof.« Er nahm Lara das Stückchen Pressschrot aus der Hand. »Außerdem fressen Handlämmer das hier noch gar nicht.«
»Vielleicht hat der Dieb es ja benutzt, um die großen Schafe damit zu beruhigen«, wandte Lara ein. Sie ließ sich auf die Knie fallen, strich die Grashalme zur Seite und suchte den Boden nach weiterem Schafschrot ab. »Siehst du, hier ist noch mehr!«, rief sie aufgeregt. »Und da und dort hinten auch.«
»Mann, du hast recht!«, stieß Malte hervor. Er lief in die Richtung, in die Lara zeigte. »Das ist ja eine richtige Spur!«
Hastig sprang Lara auf die Füße und rannte Malte

hinterher. »Und es sieht ganz so aus, als ob sie genau zur Straße führt«, stellte sie fest.
Voller Eifer folgten die beiden der Schrotspur über ein offenes Feldstück bis zu einem schmalen Weg, der sich parallel zur Straße zwischen zwei Wiesenstücken entlangschlängelte.
»Verdammt!« Malte schob seine Mütze in den Nacken und zog eine Schnute. »Hier hört sie auf.«
In der Tat endete die Spur mitten auf dem Feldweg. Aber dafür bemerkte Lara nun etwas anderes. »Das da scheint eine Reifenspur zu sein«, sagte sie und deutete auf mehrere schmale Druckstellen im feinen Kies. »So als ob zwei Fahrräder nebeneinander gefahren wären und jemand hier und da die Spuren verwischt hätte.«
Malte nickte. »Oder als ob er eine Art Handkarren geschoben hätte.«
Fußabdrücke gab es nämlich ebenfalls jede Menge.
»Okay«, sagte Lara. »Hoffen wir also, dass wir richtig liegen und dass der Dieb die Reifenspuren nicht allzu gründlich beseitigt hat.«

Eingeklemmt

Lara und Malte hatten Glück. Derjenige, der die Reifenspuren hinterlassen hatte, hatte sie nur sehr nachlässig verwischt. Bereits nach wenigen Metern waren sie überhaupt nicht mehr von Schleifstellen unterbrochen, sondern liefen schnurgerade parallel nebeneinanderher.

Der Feldweg schlängelte sich durch ein kleines Wäldchen und führte schließlich in einer langen sanften Kurve auf die Straße zu. Und dort endeten dann auch die Reifenspuren.

»Mist!«, brummte Malte. »Das war ja wohl nix.« Herausfordernd blickte er seine neue Freundin an. »Willst du mir nicht endlich sagen, wem der Fellanhänger gehört?«

Doch Lara schüttelte nur den Kopf. Mit zusammengekniffenen Augen blickte sie die Straße hinunter. In der Ferne waren die Gebäude der Schäferei Jensen zu sehen. Plötzlich stieg Panik in ihr hoch. »Hoffentlich hat er Lili nicht doch geholt«, murmelte sie.

»Lili?«, fragte Malte. »Wer zur Hölle ist das denn schon wieder?«
»Ein Handlamm, das von Anne versorgt wird«, erwiderte Lara.
Plötzlich ertönte hinter ihnen aus der Ferne ein leises Quietschgeräusch. Lara und Malte wirbelten herum. Aber es war nichts zu sehen. Außer einer Bewegung in den Büschen, die an das Wäldchen grenzten.
»Glaubst du, wir werden verfolgt?«, wisperte Malte. Lara zuckte die Schultern. Vielleicht waren Anja und Maike hinter ihnen her. Umso besser,

dachte sie. Dann waren die beiden Angeberinnen ihr in ihren Ermittlungen wenigstens nicht voraus.
»Komm«, sagte sie und zupfte Malte am T-Shirt. »Lass uns zur Schäferei laufen und nachsehen, ob Lili noch da ist.«

Sie brauchten knapp zehn Minuten bis zur Toreinfahrt. Völlig aus der Puste, erreichten sie das Ende des Stalles. Lara fiel sofort auf, dass der altmodische Kinderwagen nicht an seinem Platz stand. Doch das kümmerte sie nicht weiter. Sie flitzte auf das Gehege zu und ließ ihren Blick über die Lämmer streifen. – Lili war tatsächlich nicht mehr da! »Wir müssen sofort Anne suchen«, zischte Lara und riss Malte am Arm mit sich fort auf das Wohnhaus zu. Kurz vor der Tür trafen sie eine junge Frau, die eine Wäschewanne trug und Anne wie aus dem Gesicht geschnitten war.
»Äh ...«, stammelte Lara, »... ist Ihre Tochter da?«
Frau Jensen hob bedauernd die Schultern. »Anne? Nein, die ist nicht zu Hause. Ich glaube, sie hat sich mit Hinrich verabredet.«
»Oder sie fährt gerade ihre kleine Schwester

spazieren«, murmelte Malte, während er über die Fenne blickte, die zwischen Stall und Wohnhaus lag.

»Aber sie hat überhaupt keine Schwester«, sagte Frau Jensen verwundert. »Am besten kommt ihr am späten Nachmittag nochmal wieder. Dann ist sie meistens hier und versorgt die Lämmer.« Sie nickte ihnen noch einmal zu und steuerte dann die Wäschespinne an, die im Vorgarten stand.

Lara blickte Malte scharf an. »Was meinst du damit: Sie fährt ihre kleine Schwester spazieren?«, wollte sie wissen.

»Na, guck doch selbst«, erwiderte er und zeigte über die Fenne. »Wenn ich mich nicht total irre, kutschiert sie dahinten einen Kinderwagen übers Feld.«

Lara schaute über Maltes ausgestreckten Zeigefinger hinweg und staunte nicht schlecht. Am anderen Ende der Weide glänzte tatsächlich ein schwarzer Schopf in der Sonne. Und den altmodischen Kinderwagen erkannte sie auch.

»Was macht sie da bloß?«, wunderte Lara sich.

»Das fragen wir sie am besten selbst«, meinte Malte, und diesmal war er es, der Lara ungeduldig am Ärmel hinter sich herzerrte. Sie versicherten

sich, dass sie von niemandem beobachtet wurden, dann sausten sie auf die Fenne zu, kletterten über den Zaun und hasteten Anne hinterher. Das Gras wuchs hier recht hoch, doch bald schon stießen sie auf einen platt getretenen Weg, der den Eindruck machte, als ob dort öfter mal jemand entlangging.

»Ich sehe sie nicht mehr«, keuchte Malte.

»Egal«, schnaufte Lara, »wir bleiben einfach auf dem Weg hier, dann werden wir sie schon irgendwann einholen.«

Das Dumme war nur, dass das Feld kurz darauf an einem Graben endete. Es gab zwar eine kleine

morsche Brücke, aber das Gelände auf der gegenüberliegenden Seite war so verwildert, dass keine eingetretenen Stellen mehr zu erkennen waren.

»Lass uns erst mal rübergehen«, schlug Lara vor. »Dann sehen wir weiter.« Vorsichtig setzte sie den ersten Fuß auf die Brücke. Es knarrte, aber sie hielt. Langsam ging Lara Schritt für Schritt voran. »Die ist gar nicht so schlimm, wie sie aussieht«, rief Lara Malte zu. »Komm schon, sie hält dich auch noch aus.«

»Meinst du wirklich?«, fragte Malte skeptisch.

»Klar«, munterte Lara ihn auf. Sie hielt sich mit der einen Hand am Geländer fest, die andere streckte sie Malte hin. Er ergriff sie und tapste zögernd auf Lara zu. Just in dem Moment, als er sie erreichte und bereits aufatmen wollte, gab es einen lauten Knacks. Die Holzplanke unter ihren Füßen brach entzwei und Lara sauste abwärts.

»Aaah!«, schrie sie vor Schreck. Dann wurde sie plötzlich abgebremst und blieb auf der Brücke sitzen.

»Puh«, atmete Malte auf. »Das hätte auch schiefgehen können.«

»Es ist schiefgegangen, du Döspaddel«, jammerte Lara. Sie hatte Tränen in den Augen und presste vor Schmerzen die Lippen aufeinander. »Ich komm hier nämlich nicht mehr raus.«

In der Tat steckte sie mit dem rechten Oberschenkel in der zerborstenen Planke fest. Ihre Shorts waren zerrissen, und dort, wo das spitze Holz in ihre Haut stach, färbte der Stoff sich allmählich rot.

»Warte, ich helfe dir«, sagte Malte todesmutig.

Er machte Anstalten, sich auf die Knie herunterzulassen, da ertönte plötzlich eine Stimme hinter ihnen. »Das lass mal lieber sein!«

»Pilbert!«, stieß Lara hervor. »Hast du uns etwa verfolgt?«

»Und wennschon«, brummte er, während er sich neben der Brücke ins Gras hockte und auf den Graben zurutschen ließ.
»Verdammt nochmal, was machst du da?«, brüllte Lara.
»Einen Lulatsch aus einer dusseligen Lage befreien«, erwiderte Pilbert. Er blickte Malte scharf an. »Komm du mal da runter!«, kommandierte er. »Aber langsam.«
Malte gehorchte. Er schien außerordentlich erleichtert zu sein, dass er die Brücke verlassen durfte. Als er unversehrt am Ufer stand, setzte Pilbert seinen Fuß in den Graben. Er sank bis knapp übers Knie darin ein.
»Bist du verrückt?«, hauchte Lara.
»Willst du etwa bis ans Ende deiner Tage hier stecken bleiben?«, brummte Pilbert. Mittlerweile stand er mit beiden Beinen im Graben. Er griff nach der zerborstenen Holzplanke und zog sie vorsichtig nach unten. Lara verzog das Gesicht.
»Aua! Autsch!«, stöhnte sie.
»Lulatsch, beiß die Zähne zusammen!«, befahl Pilbert. »Gleich bist du frei!«
Er zog das Plankenstück noch ein wenig weiter nach unten. Die Lücke vergrößerte sich und Lara

konnte ihr Bein herausziehen. Auf allen vieren kroch sie ans Ufer zurück. Unterdessen zog Pilbert unter gurgelnden *Squotsch!*-Geräuschen ein Bein nach dem anderen aus dem morastigen Grabenwasser, ergriff ein paar Grasbüschel und hangelte sich so die Böschung hinauf. Seine Jeans waren nass bis zum Hintern und seine ehemals grünen Turnschuhe braun und dreckig. Laras Oberschenkel waren von Schürfwunden übersät. »Alles halb so wild«, meinte sie.

»Trotzdem«, sagte Pilbert. »Wir müssen jetzt sofort nach Hause.«

»Das geht nicht«, erwiderte Lara. »Lili ist verschwunden. Die Jensens scheinen das noch gar nicht bemerkt zu haben. Und Anne rennt hier irgendwo mit dem Kinderwagen durch die Gegend.«

Pilbert riss die Augen auf. »Habt ihr sie etwa gesehen?«, rief er aufgeregt. »In welche Richtung ist sie gegangen?«

»Wieso bist du denn plötzlich so panisch?«, fragte Lara.

»Weil Anne vielleicht den Lämmerdieben genau in die Arme läuft.«

Lara schnappte nach Luft. »Arbeitest du etwa auch an dem Fall?«

»Logisch«, brummte Pilbert. »Und jetzt kommt. Wir dürfen keine Zeit verlieren. Ein Stück weiter oben gibt es eine zweite Brücke, die breiter und vor allem sicherer ist. Anne hat mir mal erzählt, dass ihr Vater dort noch einen alten Unterstand hat. Auf einer Fenne, die er seit über einem Jahr nicht mehr bewirtschaftet.«
»Und du glaubst, dass die Diebe diesen Unterstand nutzen?«, stieß Malte hervor.
»Keine Ahnung«, sagte Pilbert, während er ihn und Lara vor sich her trieb.

Es ging immer an der Grabenkante entlang. Hier und da war das Gras ein wenig flach gedrückt. Möglicherweise von Anne.
»Aber was will sie mit dem Kinderwagen?«, keuchte Lara.
»Was weiß ich?«, erwiderte Pilbert. »Vielleicht Lili und Heinrich zurückholen.«

Eine geniale Idee

Nachdem sie die Brücke überquert hatten, ging es eine Böschung hinauf, und schließlich standen sie vor einer weitläufigen Wiese, auf der die Gräser und Kräuter schon fast einen Meter hoch gewachsen waren. Mitten darauf stand eine kleine Baumgruppe, und gleich daneben befand sich der Unterstand.

»Ich schätze, der Eingang befindet sich genau gegenüber«, flüsterte Pilbert. »Wir schleichen bis zu den Bäumen und arbeiten uns von dort aus langsam vor.«

Lara und Malte nickten. Nahezu lautlos liefen die drei Kinder die Böschung hinunter, halfen sich gegenseitig über den Stacheldrahtzaun und arbeiteten sich dann tief geduckt durch das hohe Gras. Bereits als sie den ersten Baum erreichten, hörten sie lautes Geblöke.

»Mannomann!«, zischte Lara. »Das hört sich an, als ob tatsächlich alle gestohlenen Tiere hier sind.«

»Pssst«, machte Pilbert. Er presste den Zeigefinger gegen seine Lippen und schaute Lara und Malte mahnend an. »Wir dürfen absolut keine Geräusche machen, sonst sind wir geliefert.«

»Was machen wir denn überhaupt?«, wisperte Lara.

»Von Baum zu Baum tasten«, zischte Pilbert.

Lara nickte. »Okay. Ich zuerst.«

»Nee, ich«, sagte Pilbert. »Schließlich ist Anne meine Freundin.«

»Und ich bin die Chefin«, erwiderte Lara.

»Und ich bin ausge…«, hob Pilbert an, schloss dann aber hastig den Mund und seufzte leise: »Also gut, geh du zuerst.«

Lara machte sich so klein wie ein Paket und huschte hinter den nächsten Baumstamm. Von hier aus konnte sie schon fast den Eingang des Unterstands sehen. Das Gras davor war bereits ziemlich heruntergenagt. Und auf einmal hatte sie eine Idee. Sie wandte sich zu Pilbert und Malte um und gab den beiden zu verstehen, dass sie sich ruhig verhalten sollten. Dann bückte sie sich und tastete den Boden nach einem Stein ab. Nach einigem Suchen fand sie einen, der gerade eben in ihre Hand passte.

Lara richtete sich auf, schleuderte den Stein in Richtung Eingang und duckte sich blitzschnell hinter den Baumstamm zurück. Der Stein landete mit einem lauten *Pock!* im Gras, hüpfte noch einmal auf und blieb knapp zwei Meter vom Eingang entfernt liegen.

Einige Sekunden lang passierte überhaupt nichts. Dann tauchte plötzlich Annes Kopf auf. Vorsichtig lugte sie um die Ecke. Schließlich verschwand sie wieder im Unterstand und kurz darauf ertönte ein schleifendes Geräusch.

»Ich glaube, sie ist allein!«, rief Lara leise zu den Jungen hinüber.

»Dann los!«, zischte Malte. »Worauf warten wir noch?«

Die Kinder nickten sich zu, dann spurteten sie los. Sie stolperten zwischen den Bäumen durch auf den Unterstand zu. Just in dem Augenblick, als sie den Eingang erreichten, tauchte an der gegenüberliegenden Ecke ein Zweig auf, der mit schlapp herunterhängenden Blättern bewachsen war und sich allmählich immer weiter vorschob. Lara, Pilbert und Malte hielten den Atem an und starrten wie hypnotisiert darauf.

Schließlich tauchte ein dunkler Schopf auf und kurz darauf kamen Anjas braune Augen zum Vorschein.

»W-was machst du denn hier?«, zischte Lara.

Im nächsten Augenblick traten Anja und Maike hinter dem Unterstand hervor und bauten sich vor Lara, Pilbert und Malte auf.

»Na, was wohl!«, tönte Anja. »Schließlich ist das hier mein Fall!«

Lara stemmte die Hände auf die Hüften. »Dein Fall?«, schnaubte sie. »Pah!«
»Jetzt hört auf euch zu zoffen, das bringt doch nichts«, brummte Malte. »Sagt uns lieber, wie lange ihr schon hier seid.«
»Seit heute Mittag«, erwiderte Maike. »Wir haben bei Bauer Henningsen so komische Reifenspuren entdeckt und schließlich diesen Stall mit den Lämmern gefunden. Aber bisher ist niemand hier aufgetaucht. Außer euch.«
»Außer uns?«, rief Lara. »Na, ihr seid ja vielleicht ein paar tolle Beobachter!«
»Wieso?«, schnappte Anja.
»Das werdet ihr gleich sehen«, sagte Lara. Entschlossen lief sie auf die Schiebetür zu, mit der Anne den Unterstand eben offenbar geschlossen hatte, und hämmerte dagegen. »Los, Anne, mach auf! Wir wissen, dass du da drin bist.«
Pilbert packte Lara am Arm. »Bist du wahnsinnig!«
»Bin ich nicht«, brummte Lara. Ihr war inzwischen nämlich einiges klar geworden. Noch einmal klopfte sie gegen die Tür. »Wenn du nicht sofort aufmachst, holen wir deinen Vater.«
Aus dem Unterstand kam ein Geräusch, als ob

jemand einen Riegel zurücklegte. Dann wurde die Tür langsam aufgeschoben und Annes ängstliches Gesicht kam zum Vorschein.
»Ihr glaubt ja gar nicht, was ich hier entdeckt habe«, sagte sie.
»Nichts«, entgegnete Lara. »Du hast gar nichts entdeckt, denn du hast die Lämmer eigenhändig hierhergekarrt, stimmt's?«
Hinter Anne erklang aufgeregtes Geblöke und Gemeckere, dann drückten sich die ersten Tiere an ihr vorbei nach draußen.
»A-aber«, stammelte Anne.
Doch Lara ließ sie gar nicht erst weiterreden.
»Du willst sie vor dem Verkauf und dem langen Transport retten«, sagte sie ihr auf den Kopf zu.
Anne öffnete den Mund, um zu widersprechen. Doch plötzlich fing sie an zu weinen. »Ich halt das einfach nicht aus«, schluchzte sie los. »Gerade den Handlämmern, die so viel Vertrauen zu uns haben, so etwas anzutun! Und jetzt will Papa sogar Lili verkaufen, weil sie so klein ist und wahrscheinlich nie selber Lämmer säugen kann.«
»Schsch«, machte Pilbert. Er schlang seine Arme um Anne und strich ihr tröstend über den Rücken. »Aber du kannst doch sowieso nicht ver-

hindern, dass sie geschlachtet werden. Dazu sind sie schließlich da.«

»Ich weiß«, schniefte Anne. »Aber ich will nicht, dass sie vorher noch stundenlang durch die Gegend gekarrt werden. Es muss doch möglich sein, wenigstens die Handlämmer an Schlachter in der Gegend zu verkaufen.«

»Gibt's bestimmt«, meldete sich Maike eifrig zu Wort. »Ich rede mal mit meinen Eltern. Und mit Metzger Pioch. Es gibt bestimmt eine Lösung.«

»Spinnst du eigentlich!«, pflaumte Anja sie an. »Immerhin ist das Diebstahl.« Sie schüttelte den Kopf. »Anne hat die Tiere geklaut.«

»Aber du hast wohl eine blitzsaubere Weste, was?«, sagte Lara, woraufhin Anja sich auf die Unterlippe biss und schwieg.

»Wir könnten ja sagen, dass wir die Lämmer hier entdeckt haben«, schlug Malte plötzlich vor. »Macht ja nichts, wenn der Dieb nie gefunden wird. Hauptsache, die Tiere sind wieder da.«

Fassungslos guckte Anne ihn an. Immerhin hatte sie von seinem Hof auch ein Lamm geholt.

»Nee, nee«, sagte sie. »Das hat ja alles keinen Sinn. Ich gehe jetzt nach Hause und erzähle meinen Eltern die Wahrheit.«

Am nächsten Vormittag trafen sich Lara, Malte, Anja und Maike an einer Bank zwischen der Brücke und der alten Mühle. Lara trug eine saubere Shorts und einen Verband um den Oberschenkel. Natürlich hatte Oma Lubatsch sich furchtbar aufgeregt. Aber Lara hatte ihr erklärt, dass sie alle naselang hinfiel und sich wehtat und dass das schließlich keine große Sache sei.
»Meine Eltern würden gerne regelmäßig Lämmer von den Höfen in der Umgebung kaufen und schlachten«, verkündete Maike sofort. »Ebenso die Piochs. Ich habe mir gleich heute Morgen das Telefonbuch geschnappt und alle Metzger im näheren Umkreis herausgeschrieben.« Sie zog einen Zettel aus ihrem Rucksack und reichte ihn Lara. »Das sind über zwanzig Stück.«
»Super«, sagte Malte. »Mein Vater ist Anne übrigens nicht mal richtig böse. Er kann sie sogar verstehen.«
Lara nickte und guckte nachdenklich in Richtung Schäferei Jensen. »Ich bin mal gespannt, was ihre eigenen Eltern dazu gesagt haben.« Ein wenig nervös reckte sie den Kopf hervor. »Ich glaube, da kommen sie.«
Tatsächlich näherten sich zwei Fahrradfahrer von

der Schäferei her und winkten. Kurze Zeit später kamen Pilbert und Anne völlig atemlos herangebraust.

»Mein Vater hätte mich beinahe umgebracht!«, rief Anne fröhlich. »Zum Glück war Opa gleich auf meiner Seite. Natürlich fand er den Diebstahl nicht gut, aber er kann sich eben noch an die alten Zeiten erinnern, wo es diese schrecklichen Tiertransporte nicht gab.«

»Okay«, sagte Lara. »Aber was passiert jetzt mit Lili, Heinrich und den anderen Lämmern?«, wollte sie wissen.

»Das ist das Beste überhaupt«, erzählte Pilbert. »Annes Opa hat den Schneider und den Henningsen gleich angesprochen, und sie sind damit einverstanden, dass die Tiere auf der alten Fenne bleiben können. Die Bauern stiften einen großen Eimer Milchpulver, Anne darf sie weiter versorgen, wir kümmern uns um die Abnehmer, und Annes Opa transportiert die Tiere dann eigenhändig dorthin.«

»Toll«, brummte Anja, die die ganze Zeit über auf der Bank gehockt und auf den Boden gestarrt hatte. »Wir sind doch kein Sozialunternehmen für Tiere, sondern ein Detektivclub.«

»Echt?«, staunte Malte.
»Nee«, sagte Pilbert, »waren wir mal. Aber dann konnten wir uns nicht auf den Chef einigen und …«
»Lara ist die Chefin«, sagte Maike, »das ist ja wohl schon mal klar. Und ich verzichte auf den Stellvertreterposten, weil ich finde, dass den gerechterweise ein Junge übernehmen sollte.«
»Du bist ja total plemplem«, stöhnte Anja und tippte sich an die Stirn. »Ich denke, wir sind jetzt unser eigener Club.«

»Aber das bringt doch nichts«, widersprach Maike mutig. »Wir haben alle im selben Fall ermittelt. Wenn wir von Anfang an zusammengearbeitet hätten, wäre es viel einfacher gewesen.«

»Stimmt.« Lara nickte.

»Also«, sagte Malte aufgeregt, »ich würde gerne mitmachen. Ich war noch nie in einem Detektivclub.«

»Dann wirst du Laras Stellvertreter«, schlug Maike gleich vor.

»Und was ist mit mir?«, fragte Pilbert vorsichtig.

»Du bist ausgestiegen«, sagte Lara.

Pilbert schabte mit der Spitze seiner frisch geputzten grünen Schuhe im Kies herum. »Und wenn das ein Fehler war?«

»Ja … dann …« Fragend blickte Lara die anderen der Reihe nach an.

»Ich kann dazu nichts sagen und ich mach auch nicht mit«, meinte Anne direkt. »Ich habe genug mit den Lämmern zu tun.«

Malte schob zuerst seine Mütze in den Nacken und dann die Hand in die Hosentasche. Er holte den weißen Fellschlüsselanhänger daraus hervor und hielt ihn Pilbert unter die Nase. »Hier,

ich glaub, der gehört dir. Den hast du wohl beim Spionieren bei uns auf dem Hof verloren.«
Pilbert hob die Augenbrauen, dann schnappte er grinsend nach dem Anhänger. »Den hab ich schon vermisst«, sagte er. »Danke.«
»Bitte schön«, meinte Malte. Er zog sich die Mütze wieder in die Stirn und linste Pilbert unter dem Schirm hinweg an. »Also, ich hab noch überhaupt

keine Erfahrung. Deshalb fänd ich es okay, wenn du den Stellvertreter machst.«

»Super!«, rief Maike. »Dann ist ja endlich alles geklärt.«

»Na gut«, brummte Anja. Sie stand von der Bank auf und stellte sich zu den anderen. »Starten wir einen zweiten Versuch.«

Lara legte ihr sofort einen Arm um den Hals. Sie war froh, dass Anja noch eingelenkt hatte. Bestimmt würden sie von nun an immer fest zusammenhalten und endlich ein echter Detektivclub sein.

Dose auf für drei freche Sardinen!

Sarah ist neu auf der Sardinenburg. Das war früher mal eine Sardinenfabrik, heute ist es ein Internat. Sarah ist schüchtern, aber sie freundet sich schnell mit Dina an, die frech und etwas pummelig ist. Mit Nelly, der Hübschen, teilt sie sich das Zimmer. Dina und Nelly können sich nicht leiden, weil beide in Marvin verknallt sind. Aber dann machen ein Liebesbrief, ein Theaterstück und ein Beinbruch aus den drei Mädchen unzertrennliche Freundinnen.

Patricia Schröder
3 freche Sardinen
Mit Vignetten von
Annabelle von Sperber
Band 80472

fi 80472 / 1